# तुम्हारे बाद का मौसम

ग़ज़ल संग्रह

*ज़ुबैर अली ताबिश*

अंजुमन प्रकाशन
इलाहाबाद

**ISBN 978-93-83969-10-4**

प्रकाशक :
अंजुमन प्रकाशन
942, आर्य कन्या चौराहा
मुट्ठीगंज, इलाहाबाद – 211003
उत्तर प्रदेश, भारत

आवरण सज्जा : श्री कम्प्यूटर्स
कम्प्यूटर कम्पोजिंग : श्री कम्प्यूटर्स

© रचनाकार
 संस्करण : प्रथम, पेपरबैक  2014


*tumhare baad ka mausam* (collection of ghazals)
by *zubair ali 'tabish'*

Published By : ANJUMAN PRAKASHAN
website : anjumanpublication.com
E-mail : anjumanprakashan@gmail.com
Mob.: +91 9453004398

समर्पण

वालिद मुहतरम मरहूम सैयद रौशन अली को
जिनके अहसानों में मेरे लहू की हर बूँद डूबी हुई है
और वालिदा मुहतरमा अलीमुन्निसा को
जो मेरी ज़बान का पहला लफ़्ज़ है।

# ताज़ा हवा के झौंके का अहसास

'अब्र ने अपना ही मोहताज बना रख्खा था
धूप ने जिस्म के अन्दर से उगाई बारिश'

जुबैर अली 'ताबिश' उर्दू ग़ज़ल को नयी शोख़ी और नया अंदाज़ देने वाले ग़ज़लगो शायर के रूप में प्रतिष्ठित हैं। इनकी ग़ज़लें इनका अदबी और अख़्लाकी परिचय ख़ुद कराती हैं

'ये नर्म-मिजाज़ी है कि गुल कुछ नहीं कहते
वरना कभी दिखलाइये काँटों को मसल के'

अदब के मेयार में इज़ाफा करने वाले 'ताबिश' की शायरी का अपना एक अलग ही रंग रहा है।

'चराग़-ए-रहगुज़र का क्या कभी चमके नहीं चमके
मगर जब अज़्म रौशन हो तो फिर रस्ते चमकते हैं'

बेहद संवेदनशील ज़हीन और हर दिल अज़ीज़ 'ताबिश' ने अपनी प्रतिभा, अभ्यास और भाषा पर अधिकार से इतनी कम उम्र में ही अनेक विघ्न-बाधाओं को रौंदते हुए उर्दू अदब के मारूफ़ शायरों में अपना नाम अंकित कर लिया है। इन्होंने मुशायरों और काव्य संध्याओं में सक्रिय योगदान दिया है। इनकी हृदयस्पर्शी शायरी की बेहतरीन खुसूसियात सिर्फ़ लुत्फ़अन्दोज़ नहीं करती बल्कि दिल के तारों को भी झनझनाती है और दाद देने को मजबूर कर देती है। जहाँ इनकी शाइरी में पहाड़ सी ऊँचाई और समंदर सी गइराई है वहीं ताज़ा हवा के झौंके का अहसास भी। इन्होंने जीवन के कटु सत्यों को सरल शब्दों में दिलों को झकझोर देने वाले शेर कहे हैं।

'ज़मीं पे बाद में खैंची गयी हैं दीवारें
बने थे पहले पहल आशियाने काग़ज़ पर'

'तेरे बाद का मौसम' ग़ज़लों का देवनागरी में इनका पहला संकलन है। इनके फ़न का सूरज शाइरी की ज़मीन को अपनी गुनगुनी धूप से रौशन करेगा, दुआओं के साथ ..........

- डॉ. मंजु कछावा
बीकानेर, राजस्थान

'हैं चारों सिम्त पथरीली हवाएँ
मैं शीशे के परों से उड़ रहा हूँ'

(ज़ुबैर अली 'ताबिश')

नयी नस्ल की नयी शायरी के माहिर ज़ुबैर अली को पढ़ते समय मंसूर उस्मानी जी का एक शेर हमेशा ज़हन में आता हैं

*गुफ़्तगू हो रही है फूलों से*
*शायरी तो फ़कत बहाना है*

रेशमी लबों लहज़े के शायर ज़ुबैर अली की ग़ज़लें बात करती हैं पढ़ने वालों से साथ साथ चलती हैं देर तक और दूर तक

'कोरे काग़ज़ पे रो रहे हो तुम
मैं तो समझा पढ़े लिखे हो तुम'

आत्मविश्वास से लबरेज़ हैं उनके हौसले। आने वाली पीढ़ी के बेहतरीन शायरों में से हैं ज़ुबैर। सीधी और सादा ज़ुबान में बड़ी बात बात से कह देना कोई छोटा हुनर नहीं

'क्या उन्हें रोकने वाला था कोई
कितनी खामोशी से निकले आँसू'
'हज़ार पैर हैं इसके मगर यकीं जानो
अन्धेरा दौड़ नहीं सकता रोशनी की तरह'

वस्ल हो या हिज्र रूमानियत की हाज़री ज़ुबैर की ग़ज़लों में ताज़े और खुशबूदार झोंके की तरह है। इतने सलीके से वो अपनी बात इस नाज़ुक मसले पर कहते हैं कि दिल खुद ब खुद वाह बोल उठता हैं रवायतों के साथ चलते हुए भी अपनी अलग पहचान बनाने की तलब और कुछ नया कहने की ज़िद समय बीतते बीतते उन्हें उनकी मंज़िल तक ज़रूर पहुंचाएगी। मेरी दिली दुआएं ज़ुबैर के साथ हैं। हर दिन एक एक कदम एहतियात से उठाते हुए उनका ये सफ़र उन्हें उस मुक़ाम तक पहुंचाए कि वो कामयाबी की मिसाल बने। आखिरी में उनके ही एक मतले और शेर से अपनी बात को विराम दूंगी।

'नयी फ़ज़ा में टहलने के वक़्त आया है
दुआ के हर्फ़ बदलने का वक़्त आया है'
'मेरे हर एक कदम पर नज़र है दुनिया की
फिसल न जाऊँ संभलने का वक़्त आया है'

- सीमा अग्रवाल<br>कोरबा छत्तीसगढ़

## 'ताबिश' अपनी मुन्फ़रिद पहचान बना रहे हैं।

'तुम्हारे बाद का मौसम' के खालिक ज़ुबैर अली ताबिश से मेरी आशनाई तकरीबन दो साल पुरानी है। इनके अशआर ने मुझे चौंकाया भी और मुत्तास्सिर भी किया। जब कि किसी शेर से मैं आसानी से मुत्तास्सिर नहीं होता हूँ। आम शायरी और अच्छी शायरी में वो ही फ़र्क़ होता है जो जिस्म और रूह, फूल और ख़ुशबू, चराग़ और रौशनी में है। सिर्फ नयी लफ़्ज़ियात और चौंकाने वाले अजीबो-गरीब मिसरे नुदरत की दलील नहीं हैं। आप कुछ भी लिखें लेकिन अगर ग़ज़ल की फ़ज़ा को मजरूह करेंगे तो आप क़ारी को ज़ियादा देर याद नहीं रहेंगे। इसकी वजह यह है कि उर्दू ग़ज़ल के शौकीन इब्तिदा में मीर, ग़ालिब, जिगर, दाग़, फानी को पढ़ते हैं और ग़ज़ल की एक मखसूस फ़ज़ा उनके ज़हनों पर क़ाबिज़ हो जाती है। अगर आप इसी फ़ज़ा को दोहराते हैं तो आप शायरी तो कर रहे है, मगर बे-असर और बेकार। इसके लिए ज़रूरी है कि आपको इसी फ़ज़ा में कोई नयी खुशबू पैदा करनी होगी जो लोगों को बारीकबीनी का है।

मुझे खुशी है कि ज़ुबैर अली ताबिश बहुत सूझ-बूझ और होशियारी से अपनी मुन्फ़रिद पहचान बना रहे हैं। मुझे यकीन है ग़ज़ल के दिलदाद कारयीन उनके हुनर की सताइश और क़द्र करेंगे।

उनकी पहली काविश 'तुम्हारे बाद का मौसम' की दिल से पज़िराई करेंगे। दुआगो।

– फ़हमी बदायूँनी<br>
बदायूँ, उ.प्र.

# ताबिश बुनियादी तौर पर मुहब्बत के शाइर हैं

जुबैर अली 'ताबिश' उर्दू ग़ज़ल के दरवाज़े पर एक ज़ोरदार दस्तक का नाम है। अपने शेयरी मजमुए 'तुम्हारे बाद का मौसम' के ज़रिए अदब के अम्बर में पहली उड़ान भरने वाले इस नए परिन्दे की ग़ज़लों के रू-ब-रू होते ही ये हैरतअंगेज़ एहसास होता है कि इतने नन्हें परों से भी इतनी ऊँची उड़ान ली जा सकती है?!

ताबिश को मैं बुनियादी तौर पर मुहब्बत का शायर मानता हूँ - इश्क़ की शाहराह का लटबौरा मुसाफ़िर। 'मुहब्बत' लफ़्ज़ भी अपने-आप में एक गहरा, बुलंद और वसीअ मौज़ूअ है। 'हाथी के पाँव में सबका पाँव' के मुहाविरे मुताबिक़ क़ायनात के बाक़ी सभी मुख़्तलिफ़ मज़ामीन इसी के दायरे में समा जाते हैं। सो, ताबिश की शायरी में ग़मे-जानां की ओर जितनी शिद्दत और लगन का एहसास होता है, ग़मे-दौराँ की ओर भी उसकी फ़िक्रमंदी बराबर की ही दिखाई पड़ती है।

फ़ल्सफ़ाना सोच, लासानी तसव्वुर और एहसास की शिद्दत का संगम उसके शेरों को ऐसा मन्ज़र अता करता है जिसको बयान नहीं किया जा सकता, सिर्फ़ जिया ही जा सकता है। उसकी पेशकारी अंधेरी रात के बादलों में कौंधी बिजली की मानिन्द है, जिसकी पल भर की रोशनी में ही हयाती के अनेक रंग और रहस्य नुमायाँ हो जाते हैं।

उर्दू जुबान पर अपनी मजबूत पकड़ ओर अरूज़ की बारीक़ियों के मुतल्लिक़ गहरी समझ रखने के बावजूद भी वो अपने-आपको रवायत तक ही महदूद नहीं रखता, बल्कि बहुत सारे शायराना नुक़्ते उसके शेरों में पहली बार नुमायां हुए हैं। मुझे यक़ीन है कि इस पहले मजमुए की इशायत ही उर्दू अदब के नीलगूं अम्बर पर चमकते सितारों की फ़ेहरिस्त में उसकी शमूलियत दर्ज करवा लेगी। आख़िर में उसी के एक शेर के साथ उसकी बुलन्द-परवाज़ी के लिए दुआ करता हुआ मैं अपनी बात को अन्जाम देता हूँ- आमीन!

**'हिज्र की रात के ही क़िस्से हैं**
**हिज्र का दिन नहीं निकलता क्या?'**

– विजय विवेक
पंजाबी शायर

# अपनी बात

अल्लाह के नाम शुरू करता हूं जो बहुत दयालु और कृपालु है।

ज़िन्दगी के पहले शेर से 'तुम्हारे बाद का मौसम' तक का सफ़र बहुत छोटा मगर उतार चढ़ाव वाला रहा। मैंने जिस घर में आँखें खोली वो छोटी-छोटी ख़्वाहिशों की ईंटों से बना था। वालिद-ए-मुहतरम सय्यद रौशन अली बहुत ही सीधे, सच्चे और भोले इंसान थे मैं उनके काफ़ी क़रीब था। घर का माहौल काफ़ी खुशगवार व खुशहाल था। वालिद साहब, मेरे छोटे भाई समीर अली और रमीज़ अली हम दोस्तों की तरह रहा करते थे।

20/11/2011 ये वो तारीख है जिसका सदमा मैं ताउम्र नहीं भूल सकता। ये वो दिन है जब मैंने अपने वालिद, अपने सबसे अच्छे दोस्त को हमेशा के लिए खो दिया। अल्लाह उनकी मग़फिरत फरमाए आमीन। 'तुम्हारे बाद का मौसम' ये उनवान भी उन्हीं की यादों से जुड़ा हुआ है।

मैं एक हिस्सास तबीयत वाला इन्सान हूं। शाइरी मेरी रूह का हिस्सा बन गयी है, इतराफ और दूर दराज़ के लोग बहैसियत शाइर मुझे जानने लगे हैं मानने लगे हैं। मैं पूरी कोशिश करता हूं के ऐसे शेर कहूं जो सामयीन को मुतवज्जा ही नही बल्कि मुतास्सिर भी करे। हमेशा कुछ नया कहने की जद्दो-जहद में रहता हूं। ये फ़ैसला पढ़ने वालों पर छोड़ देता हूं के मेरे इस दावे में कितना दम है 'तुम्हारे बाद का मौसम' आपके सामने है।

तुम्हारे बाद का मौसम की तामीर में खास तौर पर मुहतरमा मंजू कछावा जी का शुक्र अदा करता हूं उनकी इसमें बहुत मेहनत शामिल है। वो बहुत अच्छी इन्सान और बहुत सच्ची दोस्त हैं। अल्लाह उन की उम्र को दराज़ करे और उन्हें हमेशा खुश रखे आमीन।

मैं समझा मेरे पिंजरे तक ही ये महदूद है शायद,
मगर गुलशन में जा पहूंचा तुम्हारे बाद का मौसम।

— जुबैर अली ताबिश

# तर्तीब

1

जब भी हम ख़ुद में डूब जाते हैं
सिर्फ़ उसका वजूद पाते हैं

चाँद, सूरज, सितारे तो छोड़ो
उसके कीड़े भी जगमगाते हैं

गुल पहनते हैं उससे अपना लिबास
इत्र भी उस से ही लगाते हैं

पेड़, पत्थर, बशर, चरिंद, परिंद
उसके 'शॉवर' में सब नहाते हैं

ये क़लम मैं चलाता हूँ लेकिन
उस तरफ़ से इशारे आते हैं

जो भी कहा नबी ने वो करके दिखा दिया
किरदार ने बशर का तजस्सुस बढ़ा दिया

ला-मंज़री से लिपटी निगाह-ए-हयात को
बीनाई-ए-नबी ने नया ज़ाविया दिया

लौ काँपती थी जिनकी दरीचों की ओट में
आक़ा ने उन दीयों को हवा में जला दिया

किरदार-ए-मुस्तफ़ा ने सितारों के दरमियां
इंसां की अज़मतों को फ़लक पर सजा दिया

दिन रात पत्थरों में भटकती थी बंदगी
सरकार ने ख़ुदा का मुकम्मल बता दिया

मज़लूम आईनों के तहफ़्फ़ुज़ के वास्ते
आक़ा ने पत्थरों को तड़पना सिखा दिया

फिर शहर-ए-ज़िन्दगी में अंधेरा न हो सका
ग़ार-ए-हिरा ने इतना उजाला बिछा दिया

होता नही यहाँ पे करम का कोई हिसाब
ये तो दर-ए-रसूल है जिसको दिया दिया

इक दिन ऐसा हो जाएगा
सब मिट्टी का हो जाएगा

चाँद के सारे दाग़ मिटा दो
यार का चेहरा हो जाएगा

मंज़िल कोरी रह जाएगी
रस्ता मैला हो जाएगा

क्यूँ झगड़े थे ये मत पूछो
फिर से झगड़ा हो जाएगा

मेरे जैसा इश्क़ न करना
मेरे जैसा हो जाएगा

मेरे कुछ कर दिखलाने तक
उसका सौदा हो जाएगा

लगता है आख़िर आख़िर में
सब कुछ अच्छा हो जाएगा

अरे! कुछ न कुछ तो होगा मेरी हाज़िरी का मतलब
मैं अगरचे कुछ नहीं तो मेरी ज़िन्दगी का मतलब

तेरे मशवरों से मुझको नहीं बैर कोई लेकिन
मुझे ठोकरें लगीं तो तेरी रहबरी का मतलब

मेरा क़ुर्ब मुफ़्त पाकर मेरी शख़्सियत न भूलो
मेरे दुश्मनों से पूछो मेरी दोस्ती का मतलब

ज़मीं, आसमां, हवा पर हुए तजरूबे हज़ारों
कोई आदमी न समझा किसी आदमी का मतलब

मैं अदालतों के डर से नहीं कर सका शिकायत
मेरा जुर्म जान बैठे मेरी खामुशी का मतलब

तेरी चश्म ने ख़बर ली मेरी लग़्ज़िशों की लेकिन
किसी जाम ने न पूछा मेरी बेख़ुदी का मतलब

मैं हूँ रात का सितारा मुझे सुबह में न ढूँढो
इसी तीरगी में गुम है मेरी रौशनी का मतलब

मुझे दाद दे के सब ने मेरी बात टाली 'ताबिश'
सभी जानते थे वैसे मेरी शाइरी का मतलब

सफ़र का लुत्फ़ कड़वा क्यूँ करें हम
किसी साये का पीछा क्यूँ करें हम

अब उसको रात से तश्बीह देंगे
हमेशा चाँद लिख्खा क्यूँ करें हम

चलो कुछ सुर्ख़ियाँ, फूलों को दे दें
लहू का रंग गहरा क्यूँ करें हम

जहाँ सबकी समाअत बेवज़ू हो
वहाँ पर ज़िक्र तेरा क्यूँ करें हम

तेरे पर्दे की क़समें खा रहे हैं
तेरे जलवों का चर्चा क्यूँ करें हम

हमें तर्क-ए-मुहब्बत का न पूछो
गुनाह उसका है तौबा क्यूँ करें हम

गुज़र ही जाएँगी सर्दी की रातें
ख़्याली जिस्म ओढ़ा क्यूँ करें हम

भुलाना उसको कुछ मुश्किल नहीं है
मगर बतलाओ ऐसा क्यूँ करें हम

हमारा वस्फ़ फूलों सा है 'ताबिश'
किसी तितली का पीछा क्यूँ करें हम

नई फ़ज़ा में टहलने का वक़्त आया है
दुआ के हर्फ़ बदलने का वक़्त आया है

सितारे छोड़िये जुगनू भी सर उठाने लगे
अब आफ़ताब के ढलने का वक़्त आया है

घटा ने भेजा है पैग़ाम सूखे पेड़ों को
नहा के कपड़े बदलने का वक़्त आया है

मेरे हर एक क़दम पर नज़र है दुनिया की
फिसल न जाऊँ संभलने का वक़्त आया है

किसी के वास्ते रूकने के दिन गये 'ताबिश'
घड़ी के साथ में चलने का वक़्त आया है।

रस्म-ए-उल्फ़त को निभाते हुए डर लगता है
गीत ऐसा है के गाते हुए डर लगता है

अब वो मफ़हूम समझने लगे लफ़्ज़ों के मेरे
अब उन्हें शेर सुनाते हुए डर लगता है

किसने देखा है उसे मेरे सिवा बेपर्दा
उस पे इल्ज़ाम लगाते हुए डर लगता है

तितलियाँ भर गयीं हैं कान मेरे बारे में
फूल को हाथ लगाते हुए डर लगता है

तजरूबाकार नहीं है नए मौसम की घटा
पहली बारिश में नहाते हुए डर लगता है

मैं मुसाफ़िर हूँ सफ़र ही है मुक़द्दर मेरा
पर तेरे शहर से जाते हुए डर लगता है

कभी कंगन, कभी झुमके, कभी गजरे चमकते हैं
वो मुझसे रूठने के बाद में कितने चमकते हैं

किसी के दम पे इतना क्यूँ ये सय्यारे चमकते हैं
उजाले भीक में मिल जायें तो ज़र्रे चमकते हैं

चराग़-ए-रहगुज़र का क्या कभी चमके नहीं चमके
मगर जब अज़्म रौशन हो तो फिर रस्ते चमकते हैं

तुम्हारे ग़म के सूरज से कहीं जो छुप के बैठूँ तो
निगाहों पर तुम्हारी याद के शीशे चमकते हैं

हो जिसमें नूर उसका वो मुनव्वर हो ही जाता है
वो पर्दों में अगर बैठे तो फिर पर्दे चमकते हैं

ग़ज़ल के आस्मां में एक कोना ऐसा है 'ताबिश'
जहां पर सिर्फ़ तेरे नाम के नुक़्ते चमकते हैं

एक पत्थर तेरी शक्ल का चाहिए और क्या चाहिए
बुत-परस्तों को अक्स-ए-ख़ुदा चाहिए और क्या चाहिए

मुझको रहबर से मिलने की फ़ुरसत नहीं, कुछ ज़रूरत नहीं
मंज़िलों के लिए रास्ता चाहिए और क्या चाहिए

कैसे लाऊँगा मैं चाँद गर्दिश में है, फूल बंदिश में है
हुस्न-ए-जानाँ को इक आईना चाहिए और क्या चाहिए

चाहिए जो हुनर वो मेरे पास है, फिर भी इक आस है
आपकी सिम्त से हौसला चाहिए और क्या चाहिए

घर पे जाने के जितने बहाने हुए, सब पुराने हुए
उससे मिलने की ताज़ा वजह चाहिए और क्या चाहिए

जुर्म-ए-उल्फ़त की कोई तलाफ़ी नहीं, कुछ मुआफ़ी नहीं
मुझ गुनहगार को बस सज़ा चाहिए और क्या चाहिए

यार मेहमां वही जो तकल्लुफ़ करे, हिचकिचाए, डरे
मेज़बां को मगर पूछना चाहिए और क्या चाहिए

कितनी मीठी तेरी अताएँ, कितनी खारी मेरी प्यास
रख दे ला कर सात समुन्दर मैंने रख दी मेरी प्यास

वक़्त बदलती हर ख़्वाहिश का रंग बदलता जाता है
सुबह की हल्दी, शाम की सुर्ख़ी, शब की सियाही मेरी प्यास

वो अम्बर है, मैं धरती हूँ, वो भी वो है, मैं भी मैं
सहमे-सहमे उसके बादल फैली-फैली मेरी प्यास

चाँद, सितारे, सूरज, धरती मत रख मेरे होंटों पर
मिट जायेगा तेरा सब कुछ रह जायेगी मेरी प्यास

किस उलझन में पीट रहे हैं चट्टानों से अपने सर
दरियाओं से जाकर कह दो मैंने पी ली मेरी प्यास

तुमने जी भर के तो बरबाद किया है मुझको
और क्या रह गया, क्यूँ याद किया है मुझको

मेरे सय्याद की दरियादिली तो देखे कोई
काट के पर मेरे आज़ाद किया है मुझको

मैं ज़रा भूल गया तुमको तो इतना ग़ुस्सा
जैसे तुमने तो बड़ा याद किया है मुझको

अपनी आतिश में जलोगे तो रहोगे 'ताबिश'
इस तजुर्बे ही ने ईजाद किया है मुझको

कैसे जाऊँ भला मैकदा छोड़ के
मेरा सब कुछ छुटा मैकदा छोड़ के

जिसको तकलीफ कहता है सारा जहां
मिलती है हर जगह मैकदा छोड़ के

निस्फ़ शब हो गयी अब किधर जायें हम
बंद सब हो गया मैकदा छोड़ के

मस्जिदों में गए मन्दिरों में गए
दिल कहीं ना लगा मैकदा छोड़ के

उसने की इल्तिजा माँगू कुछ आप से
हमने भी कह दिया मैकदा छोड़ के

वो मरा जो मरा चश्म-ए-साक़ी तले
क्या जीया जो जीया मैकदा छोड़ के

राह में याद फिर उसकी मिल जायेगी
मैं नहीं जाऊँगा मैकदा छोड़ के

कल के इन्कार की है सज़ा साक़िया
आज मुझको पिला मैकदा छोड़ के

पूछते हैं सभी आज क्यूँ पी नहीं
आ रही है हया मैकदा छोड़ के

जाम छूटा ही के आँख तुझसे मिली
फिर मिला मैकदा, मैकदा छोड़ के

वैसे भी हमको जन्नत नहीं मिल सकी
दुख बहुत ही हुआ मैकदा छोड़ के

तमाम उम्र जो ज़ेब-ए-पलक रहा होगा
नज़र से गिर के भी कितना चमक रहा होगा

सफ़र अंधेरों का है, फिर भी इक दिलासा है
कोई चराग़ मेरी राह तक रहा होगा

लिखा है शेर मेरा दरमियानी सफ़हे पर
तेरी किताब का तो दिल धड़क रहा होगा

गुलाबी ख़ुश्बुओं की बूंदें बादलों की नहीं
वो छत से गीला दुपट्टा झटक रहा होगा

परिन्दे शाम को लौटे तो मुझको याद आया
हमारा साथ भी कुछ शाम तक रहा होगा

किसी ने छीन लिया है मुझे मुक़द्दर से
कोई फ़िज़ूल दुआओं में थक रहा होगा

मैं कैसे मान लूँ है चाँद सी भी शै 'ताबिश'
सियाह शाल में कंगन चमक रहा होगा

मीठे अंदाज़ ही से जलते हैं
कुछ समंदर नदी से जलते हैं

चाँद, सूरज, सितारे और चराग़
सब तेरी रोशनी से जलते हैं

ग़म में जलते हैं देखने वाले
जलने वाले खुशी से जलते हैं

हाँ मेरे साथ में भी है कोई
आप भी तो किसी से जलते है

बे-सबब चीखते हैं परवाने
हम यहाँ ख़ामुशी से जलते है

क्या है शोला तेरा क़लम 'ताबिश'
सब तेरी शाइरी से जलते है

मेरे हमसफ़र हो
मगर बेख़बर हो

नहीं कोई मंज़िल
ये किस राह पर हो

इन आँखों में देखो
बताओ किधर हो

ये कहता है बिस्तर
जगे रात भर हो

नज़र कौन आये
जब उन पर नज़र हो

बहुत ख़ूब 'ताबिश'
तुम उसका हुनर हो

सौ दाग़ हैं सौ दर्द हैं बेताबियाँ कुछ कम नहीं
अपने दिल-ए-नाचार की बीमारियाँ कुछ कम नहीं

ग़म भी ढले नग़मात में फिर सिसकियाँ भी साथ में
अब यार की बारात में शहनाइयाँ कुछ कम नहीं

मिलते हैं दिल के मेल में कुछ क़ब्र में कुछ जेल में
उल्फ़त के मीठे खेल में बर्बादियाँ कुछ कम नहीं

आहट तेरी आसेब है दस्त-ए-सितम बे-ऐब है
पाज़ेब तो पाज़ेब है पर चूड़ियाँ कुछ कम नहीं

सबसे नहीं खुल कर मिलो नादान दिल के हौसलो
बारूद हो बचकर चलो चिंगारियाँ कुछ कम नहीं

होंगे दीवाने एक दो इस बात पर मग़रूर हो
इस शहर में मेरी भी तो दीवानियाँ कुछ कम नहीं

क्यूँ तेज़ ये तलवार की क्यूँ गोलियाँ बेकार की
अपने लिए तो यार की दो गालियाँ कुछ कम नहीं

उसने सिले शब गाह में लौटा दिए इक आह में
दी थी वफ़ा की राह में क़ुर्बानियाँ कुछ कम नहीं

इक ही नज़र पे करके दम क्यूँ दें ये दिल अनमोल हम
क़ीमत तो अच्छी दो सनम महँगाइयाँ कुछ कम नहीं

ये हुस्न की जलवागिरी हरदम नज़र में है मेरी
ऐ चाँद दूरी पर तेरी नज़दीकियाँ कुछ कम नहीं

ये तख़्तियों के हाशिये, ये ज़ाविये, ये क़ाफ़िये
'ताबिश' तख़्य्युल नापिये पाबंदियाँ कुछ कम नहीं

जग को दुश्मन बना के देखेंगे
आओ नज़दीक आ के देखेंगे

यूँ न लौटेंगे राह-ए-उल्फत से
एक ठोकर तो खाके देखेंगे

क्या हुईं ख़्वाहिशों की तक्मीलें
दिल के टुकड़े उठा के देखेंगे

अब न देखेंगे चाँद की सूरत
रात का दिल दुखा के देखेंगे

सौंप कर दिल तुझे सरे महफिल
तेरी मुश्किल बढ़ा के देखेंगे

देखकर आज तुझको बेपर्दा
अपनी क़ीमत बढ़ा के देखेंगे

चमकने लगे रंग आँखों में क्या-क्या
जिसे ढूँढते थे वही मिल गया क्या

वरक़ अश्कशोई किए जा रहे हैं
बहुत रो रहा है क़लम को हुआ क्या

सितारों ने चूमा था मेरी जबीं को
तेरा दर का पत्थर नहीं जानता क्या

कहीं बुझती कलियाँ, कहीं जलते कांटे
तेरा गुलसितां है तू जाने मेरा क्या

महकती थी रह रह के ख़ुशबू हिना की
शब-ए-हिज्र में आपका हाथ था क्या

वो क्या नाम था उसका 'ताबिश' सा था कुछ
बड़ा अच्छा शाइर था अब मर गया क्या

रख़्खा न मेरे शौक़ ने पर्दा मेरे आगे
उड़ती फिरे है ख़ाक सी दुनिया मेरे आगे

शायद मेरा अंदाज़-ए-सफ़र भा गया उसको
बिछता ही चला जाता है रस्ता मेरे आगे

मुश्किल से मेरे हाथ लगा है कोई लम्हा
ऐ वक़्त अभी हाथ न फैला मेरे आगे

ये तिश्नालबी चूर मुझे करती है मेरी
दरिया भी मेरी प्यास में क़तरा मेरे आगे

शहर-ए-वफ़ा में नाम मेरा हो गया 'ताबिश'
महताब नज़र आता है फीका मेरे आगे

तेरी तस्वीर क्या जलाई है
आग जागीर को लगाई है

क्या करूँ ख़ानदानी कंगन का
वो कलाई तो अब पराई है

दर्द तो और बढ़ गया मेरा
ये दवा किस दुकां से लाई है

एक दूजे को भूल जाते हैं
इसमें हम दोनों की भलाई है

कैसे कह दूँ कि आज रूक जाओ
घर में बस एक चारपाई है

जब तलक मौत ख़ुद नहीं आए
साँस लेने में क्या बुराई है

शहर में क्यूँ अंधेरा है 'ताबिश'
रात तो मुझसे मिलने आई है

मैं नहीं वो जो सब की हाँ में हाँ मिलाऊँगा
जिस तरफ से रोकोगे उस तरफ से जाऊँगा

उसके चाँद तारों का बोझ क्यूँ उठाऊँगा
मैं मेरी ज़मीं पर ही आस्मां उगाऊँगा

तुम मेरी तबाही से बेसबब परेशां हो
जाओ मैं किसी को भी कुछ नहीं बताऊँगा

जो चमन में रहता है वो ख़िज़ां का दुख झेले
मैं बहार के नक़्शे रेत पर बनाऊँगा

आज रात यादों की काट-छाँट करनी है
कुछ दीये जलाऊँगा कुछ दीये बुझाऊँगा

क्या ख़बर थी ये बादल पानी फेर जाएँगे
आज मेरी ख़्वाहिश थी धूप से नहाऊँगा

बेनज़र अंधेरों से क्या बहस करूँ 'ताबिश'
मुझको जगमगाना है और मैं जगमगाऊँगा

भला हम आशिक़ों के दिल कभी वीरान होते थे
चले आते थे ग़म रूख़सत अगर अरमान होते थे

कहाँ ये दिन हैं अब तन्हाई भी अपना नहीं कहती
कहाँ वो दिन थे जब हम महफ़िलों की शान होते थे

न जाने कोई क़ातिल की अदाओं में थी क्या ख़ूबी
इशारा एक करता था तो सौ कुरबान होते थे

कभी पलकें उठा लेना कभी पलकें झुका लेना
निगाहों ही निगाहों में कई अहसान होते थे

मुहब्बत, दोस्ती, रिश्ते वफ़ा के तज़्किरे छोड़ो
ये तब की बात है जब हम बहुत नादान होते थे

तेरे दिल में जगह अब सर छुपाने को नहीं मिलती
हंसी आती है इस नगरी के हम सुल्तान होते थे

अभी अश्आर में उनकी झलक ढूँढे नहीं मिलती
कहाँ इक वो ज़माना था ग़ज़ल की जान होते थे

तेरे अंदाज़ ने 'ताबिश' बदल दी सारी तारीखें
सुना है मीर-ओ-ग़ालिब के भी कुछ दीवान होते थे

गुम था मैं अपनी ज़िन्दगानी में
लोग क्यूँ उलझे इस कहानी में

वक़्त से और कितना तेज़ चलूँ
हो गया बूढ़ा मैं जवानी में

ये समुन्दर ने राज़ ही रख्खा
किसने आँसू मिलाये पानी में

शेर गजरे की तरह होते हैं
फूल टूटेंगे छेड़खानी में

मुस्कुराहट पे मेरी रश्क करो
जी गई ग़म की हुक्मरानी में

'आपसे प्यार हो गया मुझको'
ये मैं क्या कह गया रवानी में

एक पत्थर हो गया है उफ़्फ़ ये दिल भी
तेरे ही दर पर पड़ा है उफ़्फ़ ये दिल भी

चाँद तारों को समझता है खिलौने
जाने क्या क्या माँगता है उफ़्फ़ ये दिल भी

जाने किस भीगे बदन को याद करके
बारिशों में जल रहा है उफ़्फ़ ये दिल भी

हर किसी से बांध लेता है उमीदें
टूटना क्यूँ चाहता है उफ़्फ़ ये दिल भी

आग ,पानी, दर्द, राहत, दोस्त, दुश्मन
सबको यक्सां मानता है उफ़्फ़ ये दिल भी

देखिये तो सैंकड़ों तूफां उठाकर
किस क़दर बैठा हुआ है उफ़्फ़ ये दिल भी

सोचता हूँ, पूछ ही लूँ उनसे 'ताबिश'
कुछ दिनों से लापता है उफ़्फ़ ये दिल भी

क्यूँ मेरा अंदाज़ तुम अपनाओगे
फिर सनम तुम, तुम कहाँ कहलाओगे

तुम हवा हो, क्यूँ करूँ फिर आरज़ू
जानता हूँ हाथ में न आओगे

उफ़्फ़ मुहब्बत की ये सौदेबाज़ियाँ
दिल दिए बिन दर्द तक न पाओगे

हर गली चर्चे हैं अपने नाम के
मुझसे मिलने किस गली में आओगे

जा रहे हो दिल को मेरे तोड़कर
जाओ जानेमन बहुत पछताओगे

मेरे घर पर ख़त्म कर दो दास्तां
और कितनी बस्तियों को ढाओगे

किरदार मेरा तू ही मिटाने के लिए आ
मेरे न सही अपने फ़साने के लिए आ

मैं अपने ही कमरे में कहीं बिखरा पड़ा हूँ
ऐ दोस्त मेरे टुकड़े उठाने के लिए आ

फूलों को तकब्बुर है बहुत अपने बदन पर
मिट्टी में तकब्बुर को मिलाने के लिए आ

मैं ख़ुद को फ़ना करने की कोशिश में लगा हूँ
इस काम में तू हाथ बटाने के लिए आ

पाकर मुझे तनहा ये कहीं मार न डाले
इन चाँदनी रातों से बचाने के लिए आ

कब तक तेरी यादों के सहारे मैं जीऊँगा
यादों में ज़रा ज़हर मिलाने के लिए आ

'ताबिश' ने हमेशा के लिए छोड़ दी दुनिया
शो ख़त्म हुआ पर्दा गिराने के लिए आ

रास्ते जो भी चमकदार नज़र आते हैं
सब तेरी ओढ़नी के तार नज़र आते हैं

कोई पागल ही मुहब्बत से नवाजेग़ा मुझे
आप तो ख़ैर समझदार नज़र आते हैं

मै कहाँ जाऊँ करूँ किससे शिकायत उसकी
हर तरफ उसके तरफदार नज़र आते हैं

ज़ख़्म भरने लगे हैं पिछली मुलाक़ातों के
अब तेरे आने के आसार नज़र आते हैं

एक ही बार नज़र पड़ती है उन पर 'ताबिश'
और फिर वो ही लगातार नज़र आते हैं

याद आकर रूकी है आँखों में
जलती बुझती ख़ुशी है आँखों में

तू किसे ढूँढती है आँखों में
अब दुआ दूसरी है आँखों में

इक शरारत का वक़्त आया है
इक इजाज़त मिली है आँखों में

आंसुओं से धुआँ सा उठता है
क्या तमन्ना जली है आँखों में

ज़िन्दा करते हो क्यूँ चराग़ों को
रौशनी मर चुकी है आँखों में

ख़्वाब का लम्स जाने कैसा हो
नींद चुभने लगी है आँखों में

उसके बादल ने कई बार गिरायी बारिश
मेरी धरती को मगर रास न आयी बारिश

मेरे बादल ने कहीं ओर लुटाई बारिश
अब मेरा जिस्म भिगोती है परायी बारिश

अब्र ने अपना ही मोहताज बना रख्खा था
धूप ने जिस्म के अन्दर से उगाई बारिश

मुद्दतों बाद मुझे प्यास का अहसास हुआ
मुद्दतों बाद मेरे ख़्वाब में आयी बारिश

मुंतज़िर हूँ मैं उसी तपते हुए मौसम का
जिसने जाते हुए आँखों को थमायी बारिश

हिज्र का मारा इधर से तो नहीं गुज़रा था
आज सहराओं ने जी भर के मनायी बारिश

कोरे काग़ज़ पे रो रहे हो तुम
मैं तो समझा पढ़े लिखे हो तुम

आज इक और दोस्त रूठ गया
मेरा गुस्सा तो जानते हो तुम

क्यों तुम्हारे बग़ैर मरता हूँ
क्या मेरी जान बन गये हो तुम?

पहले लड़ते हो फिर मनाते हो
यार जाओ बहुत बुरे हो तुम

जब भी लिक्खूँ ग़ज़ल तो लगता है
जैसे नज़रों के सामने हो तुम

अपनी बकवास बंद कर लो अब
कह दिया ना कि बस मेरे हो तुम

सबसे 'ताबिश' का दाम पूछते हो
यानि बाज़ार में नये हो तुम

जहां की नेमतें बस मुझ पे ही हराम हैं क्या
ख़ुदाया मेरे लिए और इन्तज़ाम है क्या

फ़िज़ूल होता मैं तो कब का मर गया होता
मैं ज़िंदा हूँ तो बता मुझसे कोई काम है क्या

तुम्हारे चाहने वालों से मुझको क्या मतलब
मुझे बस इतना बता दो मेरा भी नाम है क्या

मैं सादा दिल इसे अपनायित समझ बैठा था
तुम्हारे शहर में यूँ मुस्कुराना आम है क्या

ख़्वाबों में बरसात हुई है
बिस्तर में तो आग लगी है

जिन में तेरी याद बंधी थी
उन लम्हों पर धूल जमी है

इक काग़ज़ पर फूल बना है
पागल तितली चूम रही है

अश्कों के मोती बिखरेगें
ज़ब्त की डोरी टूट गई है

होंगे उसके सात समंदर
कह दो उससे प्यास मेरी है

घर थोड़ा सा तंग लगेगा
आज ही तो दीवार उठी है

लफ़्ज़ों की ख़ुश्बू कह देगी
हाँ ये ग़ज़ल 'ताबिश' ने लिखी है

मैं माँगता हूँ अब भी वही एक दुआ जान
हो जान मेरी जाने तलक साथ तेरा जान

सब लोग बन गए हैं मेरी जान के दुश्मन
क्यूँ तूने सर-ए-आम मुझे बोल दिया जान

मैं जान लुटा दूँगा मुहब्बत की गली में
ऐ जान-ए-जिगर जान-ए-वफ़ा तू ही बचा जान

मैं जानता हूँ जान का दुश्मन है तू लेकिन
मैं जान तुझे कहता हूँ एहसान मेरा जान

शायद ये मेरी जान का अब आख़िरी ख़त है
इस ख़त में कहीं पर भी नहीं उसने लिखा जान

न अस्ल बात पे आओ कि रात बाक़ी है
कहानियाँ ही सुनाओ कि रात बाक़ी है

तुम्हें नसीब हो सूरज की रौशनी लेकिन
अभी दीया न बुझाओ कि रात बाक़ी है

ये रात कितनी है लम्बी तमाम रातों से
तुम्हीं हिसाब लगाओ कि रात बाक़ी है

वफ़ा उसी से करो जिसके साथ रहते हो
सहर के गीत न गाओ कि रात बाक़ी है

कोई तो आस बंधाओ कि साँस है जारी
कोई तो ख़्वाब दिखाओ कि रात बाक़ी है

मैं नज़्म-ए-सुबह हूँ मुझसे ऐ जुगनुओ न डरो
मेरा मज़ाक़ उड़ाओ कि रात बाक़ी है

ये क्या कि मक़्ता बहुत जल्द कह दिया 'ताबिश'
ग़ज़ल को और बढ़ाओ कि रात बाक़ी है

तंज़ होते रहेंगे उड़ने पर
आसमां तोड़ देंगे मेरे 'पर'

शम्अ के क़दमों से उठाओ मुझे
और रख दो दीये के माथे पर

हो अंधेरा तो फिर मुक़म्मल हो
चाँद है दाग़ शब के चेहरे पर

डाली हाथों में थामे बैठा हूँ
फूल को रख दो मेरे कांधे पर

मेरी आँखों में आ गए आँसू
कशितयाँ लग गईं किनारे पर

आसमां कितना खाली-खाली है
शेर लिख दूँ तेरे दुपट्टे पर

तेरे होंठों की मस्नुई सुख़ीं
लेट जाती मेरे हिस्से पर

वो उधर आसमां की इक जानिब
मैं इधर आसमां के कोने पर

ज़रा ठहरो कि शब फीकी बहुत है
तुम्हें घर जाने की जल्दी बहुत है

हवाओं को नज़र अंदाज़ मत कर
चराग़ों में तो वैसे घी बहुत है

शिकायत है तुम्हारी बेरूख़ी से
ज़ियादा तो नहीं थोड़ी बहुत है

उसे दुल्हन बनाना फर्ज़ था क्या ?
वो मेरी दोस्त है ये ही बहुत है

अगर तुम चाहो तो ऐसे ही रख लो
ग़ज़ल वैसे मेरी महंगी बहुत है

ज़रा नजदीक आकर बैठ जाओ
तुम्हारे शहर में सर्दी बहुत है

दिल में ग़ुबार इश्क़-ए-नाकाम से उठा था
फिर सुबह तक न ठहरा जो शाम से उठा था

सब चारागर बिचारे जल्दी न जान पाये
था दिल में दर्द लेकिन आराम से उठा था

ख़ामोश सी पड़ी हैं क्यूँ क़ब्र आज के दिन
कल तो मेरा जनाज़ा धुमधाम से उठा था

मेरी सदाक़तों की मुंसिफ को भी ख़बर थी
इल्ज़ाम किस पे तेरे इल्ज़ाम से उठा था

साक़ी तेरी नज़र की कोई ख़ता नहीं है
तूफ़ान मैकदे में इक जाम से उठा था

'ताबिश' का तज़्किरा तो बस नाम का है लोगो
दीवान जानते हो किस नाम से उठा था

एक लड़की जो दिल की रानी थी
वो तो इस्कूल की कहानी थी

बस फ़रिश्तों को ही सुनानी थी
इक ग़ज़ल जैसे आसमानी थी

रंग कोई नहीं था जीवन में
फिर भी तस्वीर तो बनानी थी

और लड़ते तो जीत सकते थे
दिल के कहने पे हार मानी थी

तुम ही दुश्वार कर गए 'ताबिश'
वरना आसान ज़िन्दगानी थी

ग़म ख़ज़ाना नहीं
सब लुटाना नहीं

हम भुला देंगे पर
याद आना नहीं

इक ख़ुशी ने कहा
मुस्कुराना नहीं

छोड़ देना मगर
छूट जाना नहीं

मैकदे की क़सम
कुछ पिलाना नहीं

आपने की जफ़ा
दिल ने माना नहीं

कल ही तो आये हो
आज जाना नहीं

छोड़ 'ताबिश' वफा
वो ज़माना नहीं

ये ज़रूरी है मुहब्बत के लिए
इक ख़ता तो कर शिकायत के लिए

ख़्वाहिशें बीमार हैं, ये जान कर
अश्क आए हैं अयादत के लिए

तेरी सूरत में न जाने कौन था
हमने बोसे तेरी सूरत के लिए

उसने नाकामी रखी है इश्क़ में
और मुझे रख्खा है इबरत के लिए

ऐ फ़रिश्तो! ख़ैर मैं मसरूफ़ हूँ
तुम नहीं हो क्या इबादत के लिए

ख़्वाब उनके सजाते रहे उम्र भर
उम्र यूँ ही गंवाते रहे उम्र भर

साँस आती रही, दिल धड़कता रहा
रस्म हम भी निभाते रहे उम्र भर

एक ही बार हमने उठाया क़दम
लोग उंगली उठाते रहे उम्र भर

हौसलों ने कभी होंठ खोले नहीं
शोर दिल में मचाते रहे उम्र भर

उम्र भर आप ही की तमन्ना रही
आप ही से छुपाते रहे उम्र भर

ले गया जान अपनी वही लूट कर
जान जिस पर लुटाते रहे उम्र भर

कोई उम्मीद बांधी नहीं आप से
चाहतों को सताते रहे उम्र भर

हाँ उसी दिल ने धोका हमें दे दिया
ख़ून जिसको पिलाते रहे उम्र भर

और तो छोड़िये ख़ुद के भी नहीं होते हैं
हम कभी इतने अकेले भी नहीं होते हैं

तुम समर ढूँढ़ रहे हो तो तुम्हें बतला दूँ
हिज्र के पेड़ पे पत्ते भी नहीं होते हैं

जाने किस बात पे लब तेरे खफ़ा हैं मुझसे
अब तो गालों पे मुँहासे भी नहीं होते हैं

जाने क्या हो गया है आशिकों के दामन को
चाक तो दूर हैं मैले भी नहीं होते है

जब निकम्मे थे तो क्या-क्या न लुटा देते थे
अब कमाते हैं तो खर्चे भी नहीं होते हैं

हर कोई बाँटना चाहे है मेरा ग़म लेकिन
ग़म ही ऐसा है कि हिस्से भी नहीं होते हैं

जुल्फ़ उलझी मिली, होंट प्यासे मिले
तुम मिले भी तो कितने जुदा से मिले

है जिगर की क़सम रंग खूब आयेगा
ये लहू गर तुम्हारी हिना से मिले

मग़फ़िरत, ख़ुल्द, हूरें, फ़रिश्ते, ख़ुदा
एक ग़म क्या मिला सौ दिलासे मिले

पहली ही बार हमने थी मांगी वफ़ा
आख़िरी बार जब बेवफ़ा से मिले

आपका साथ है या सज़ा है मेरी
लगता है आप मुझको ख़ता से मिले

उस सितमगर के हाथों में दे दी शिफ़ा
कैसे आराम दिल को दवा से मिले

सोचता हूँ ख़ता मुझसे क्या हो गयी
आप जब भी मिले तो खफ़ा से मिले

उसके दर के सिवा तो गये ना कहीं
ज़ख़्म 'ताबिश' तुम्हें किस जगह से मिले

जी लेंगे तुमको देख कर तो क्या बुरा हो जाएगा
परदा हटा दो कुछ दिनों का आसरा हो जाएगा

अरमान पूरे मत करो क्या थोड़े से अरमान हैं
गर एक को समझाओगे दूजा ख़डा हो जाएगा

तर्क-ए-मुहब्बत का इरादा कर लिया तो कर लिया
अब वो ख़ुदा भी है नहीं कि जो कहा हो जाएगा

वैसे भी हम दोनों सनम इतने कहाँ नज़दीक थे
बस दो क़दम पीछे हटा लो फ़ासला हो जाएगा

तस्वीर यारों को बता दूँ पर बहुत डरता हूँ मैं
जो देख लेगा आपको वो आपका हो जाएगा

सजना संवरना मैंने सिखलाया तभी तो फ़िक्र है
तुम छोड़ दोगे गर मुझे तो हाल क्या हो जाएगा

दिल इश्क़ से कब तक बचेगा ज़िंदगी की राह में
हो जाएगा हो जाएगा ये हादसा हो जाएगा

कुछ तेरे बारे में बता तेरी मज़े में कट गई
चल छोड़ मेरा तज़्किरा मुँह किरकिरा हो जाएगा

हर बात में करता था जो हरदम वफ़ा का तज़्किरा
किसको ख़बर थी एक दिन वो बेवफ़ा हो जाएगा

हम राह में बेदर्द की ये दिल रखें या फिर जिगर
वो आएगा जब एक दिन तो फ़ैसला हो जाएगा

जिस शहर है तेरा पता, मालूम था अपने लिए
पूरा का पूरा शहर वो ही लापता हो जाएगा

तुमको तो साथी मिल गया मैं अब भी खाली हाथ हूँ
गर भूल जाओ तुम मुझे मेरा भला हो जाएगा

दिल में जब रौशनी वो भरता है
फिर अंधेरों से कौन डरता है

जिस्म होता है अपना बिस्तर पर
ज़हन दुनिया की सैर करता है

हिज्र का ज़हर पी रहे हैं हम
देखिए पहले कौन मरता है

रोज़ मैं ऐसे ही गुज़रता हूँ
रोज़ ऐसे ही तो गुज़रता है

ख़ुद से कैसे नज़र मिलाऊँ मैं
आईना सौ सवाल करता है

ऐ ख़ुदा मोड़ कहानी में कुछ ऐसा ला दे
उसके हिस्से में मुझे रख, मुझे दुनिया ला दे

मैंने ओढ़ा दिया तारों से सजा नर्म फ़लक
उसकी ख़्वाहिश थी उसे कोई दुपट्टा ला दे

आज बचपन के सभी ख़्वाब जला देते हैं
तेरी गुड़िया को तू रख ले, मेरे गुड्डा ला दे

लोग आराम से मंज़िल पे क़दम रखते गये
और हम फिरते रहे पुश्त पे रस्ता लादे

मिसरा-ए-सानी लिए बैठा हूँ मैं काग़ज़ पर
मुंतज़िर हूँ कि कोई मिसरा-ए-उला ला दे

जाने किसकी झलक है आँखों में
इक अजब सी चमक है आँखों में

वो बदन दूध का पियाला है
कैसे देखूँ नमक है आँखों में

ख़्वाब भी सुबह तक ही ठहरेंगे
नींद ही सुबह तक है आँखों में

उसके ग़म से कहो ना रूक जायें
उसके दम से चमक है आँखों में

ग़म-ए-फ़िराक़ पे क्या रोये अब सभी की तरह
ये दिल की आग में डाला गया है घी की तरह

हज़ार पैर हैं इसके मगर यक़ीं जानो
अंधेरा दौड़ नहीं सकता रोशनी की तरह

मैं ग़म में ख़ुश हूँ मगर एक डर सा लगता है
ये ग़म भी रूठ न जाए कहीं ख़ुशी की तरह

हमारा जी नहीं लगता कहीं तुम्हारे बग़ैर
तुम्हारा जी नहीं करता हमारे जी की तरह

बहुत से छेद हुए दिल में पर ये अच्छा है
कि दिल भी हो ही गया अपना बाँसुरी की तरह

पलट के आएँगे ऐसी तवक़्क़ो मत करना
जहां भी छोड़ दिया है तेरी गली की तरह

यूँ हुस्न मुहब्बत के बाज़ार नहीं लगते
तुम को ये क़यामत के आसार नहीं लगते

ऐ दुनिया हमारा अब तू ख़त्म ही कर क़िस्सा
हम तेरी कहानी के किरदार नहीं लगते

ख़ुशियों में भी तो आँसू आ जाते हैं आँखों में
रोने के लिए हरदम आज़ार नहीं लगते

वीरान निगाहों में क्या ढूँढ़ती हो जानाँ
सहरा की ज़मीनों पर गुलज़ार नहीं लगते

बदअम्न सही पर मैं इतना तो बता काफ़िर
किस बुत को बनाने में औज़ार नहीं लगते

बारात में भी नाचे, मय्यत को भी दे कांधा
वो कौन सा मौक़ा है जब यार नहीं लगते

हर बात पे हँसते हैं क्या बात करूँ उनसे
वो तर्क-ए-तअल्लुक़ को तैयार नहीं लगते

जब सामने आते हो खामोश ही रहते हो
तस्वीर में तो इतने बेज़ार नहीं लगते

उल्फ़त का समुंदर तो 'ताबिश' वो समुंदर है
इस पर जो होते हैं उस पर नहीं लगते

बस इक घूँट की प्यास से डर रहे हो
कभी तुम वफ़ा का समुन्दर रहे हो

अगर देखना हो गया हो तो जाऊँ
नज़र भर रहे हो या दिल भर रहे हो

मुझे याद आती है मेरी शरारत
वो कहना तेरा 'चुप ये क्या कर रहे हो'

हो ना आशनाई, रिफ़ाक़त, या फुरकत
हर इक दौर में तुम सितमगर रहे हो

इरादा है बर्बाद करने का मुझको
तो फिर वक़्त बर्बाद क्यूँ कर रहे हो

वो आँखों से बोल रहे हैं
ख़ाली कमरे बोल रहे हैं

वो यूँ क़िस्से बोल रहे हैं
क़िस्से जैसे बोल रहे हैं

पत्थर ने ख़ामोशी तोड़ी
काँच के टुकड़े बोल रहे हैं

लट को कान के पीछे कर लो
कान के झुमके बोल रहे हैं

मैं तो दिल से बोल रहा हूँ
आप कहाँ से बोल रहे हैं ?

गीली आँखें जल उड़ेंगी
गूंगे जज़्बे बोल रहे हैं

घर का चूल्हा कब से चुप है
सारे तमग़े बोल रहे हैं

दिल के टुकड़े हो गये शायद
ख़त के टुकड़े बोल रहे हैं

तुमने शेर सुने 'ताबिश' के?
छोटे बच्चे बोल रहे हैं

बस आपकी तस्वीर से लिपटेंगे मचल के
जायेंगे कहाँ अश्क इन आँखों से निकल के

हम हारे हुए लोग हैं तू रहना संभल के
रख देंगे तेरी जीत का मफ़हूम बदल के

फ़र्दा के अंधेरों ने जला डाला मेरा ख़्वाब
इक चांद चला आया था तारों को कुचल के

ये नर्म मिज़ाजी है कि गुल कुछ नहीं कहते
वरना कभी दिखलाइये काँटों को मसल के

इक शाह की दौलत ने मुहब्बत पे किया राज
मज़दूर किसे याद रहे ताजमहल के

जब तेरे शहर से हम निकाले गए
सर पे यादों की गठरी उठा ले गए

माँग ली चाँद ने तेरे रूख़ से दमक
फूल हँसने की तुझसे अदा ले गए

राज़-ए-उल्फ़त के खुलने का ग़म मत करो
कब ये शीशे किसी से सम्भाले गए

कल को क्या पी नहीं ख़्वाब ऐसा दिखा
ख़ुल्द में सबके सब पीने वाले गए

ग़म कहाँ रोक पाया मेरी राह को
मेरे आँसू ही मुझको बहा ले गए

कैस-लैला नहीं हीर-रांझा नहीं
नाम तेरे मेरे भी उछाले गए

ख़्वाब जैसे कोई बिगड़ी औलाद है
जिससे पाले गए उससे पाले गये

रूक गए फिर चल दिए हर बात मानी आपकी
क़ैद से कुछ कम नहीं थी मेज़बानी आपकी

राह तकते आपकी आँखें मेरी तो बुझ गयीं
देर से आने की ठहरी लत पुरानी आपकी

दोस्तों में तो नहीं था कल कोई भी आपसा
दुश्मनी भी अब पड़ेगी आज़मानी आपकी

रब ही जाने कि घटा ने राज़ क्या-क्या खोलदी
हो गयी क्यूँ ज़ुल्फ़ जानम पानी-पानी आपकी

आपकी मरहम नवाज़ी है मगर ये याद हो
ज़ख़्म भी हमको मिले हैं मेहरबानी आपकी

हो ख़्याल-ए-बहर-ओ-बर तो कुछ न 'ताबिश' बोलिये
राख कर देगी ये सब आतिश बयानी आपकी

क्या पता कौनसे जहान में हो
तुम जहाँ भी हो मेरे ध्यान में हो

कुछ नहीं सिर्फ़ इक गुमान हूँ मैं
तुम अभी तक इसी गुमान में हो

क्यों न शोलों के साथ खेलोगे
तुम कहाँ मोम के मकान में हो

अपनी धरती पे उग गये तारे
और तुम अब भी आसमान में हो

ख़ैरियत-वैरियत अरे छोड़ो
जाओ तुम इश्क़ की अमान में हो

आज कल मिलते ही नहीं ‘ताबिश’
कुछ तो बतलाओ किस जहान में हो

सारे रस्तों से गुज़र के आँसू
फिर उसी शहर में पहुँचे आँसू

यूँ ही यादों ने उछाले पत्थर
गिर न जाएँ कहीं कच्चे आँसू

उसके होंठों पे हँसी लिख दी है
मेरी आँखों में भी लिख दे आँसू

क्या उन्हें रोकने वाला था कोई
कितनी ख़ामोशी से निकले आँसू

आज का दिन तो मुलाक़ात का है
आज क्यों आए हैं कल के आँसू

कभी पत्थर कभी शीशा तुम्हारे बाद का मौसम
बदलता रहता है लहजा तुम्हारे बाद का मौसम

तुम्हारे क़ुर्ब से लबरेज़ थी अलमारियाँ सारी
मैं किस संदूक़ में रखता तुम्हारे बाद का मौसम

न जाने कौनसे मौसम में तुम तक यह ख़बर पहुँचे
हमारी जान ले लेगा तुम्हारे बाद का मौसम

मैं समझा मेरे पिंजरे तक ही ये महदूद है शायद
मगर गुलशन में जा पहुँचा तुम्हारे बाद का मौसम

किसी दिन वस्ल की सूरत नज़र आ जायेगी हमको
उठाते जायेगा पर्दा तुम्हारे बाद का मौसम

ख़ुदा का शुक्र है अब तक तो हम 'ताबिश' ही हैं लेकिन
हमें कुछ और कर देगा तुम्हारे बाद का मौसम

रूह में ख़ुश्बू घुल गयी तेरी
कैसे लेगा जगह कोई तेरी

आज की रात कैसे गुज़रेगी
मैंने तस्वीर देख ली तेरी

जब भी ठोकर लगी कहीं मुझको
याद आयी बहुत गली तेरी

रोकना फ़र्ज़ था मेरा फिर भी
तुझको जाना है तो ख़ुशी तेरी

मेरे आँसू कोई मज़ाक़ नहीं
जल भी सकती है ओढ़नी तेरी

भूलने का डरामा करता हूँ
याद आती है आज भी तेरी

देख बर्बाद हो गया हूँ मैं
अब ज़रूरत नहीं रही तेरी

तेरी दुनिया तुझे मुबारक हो
मैंने उम्मीद छोड़ दी तेरी

इक तेरा कमरा ही नहीं 'ताबिश'
शहर भर में है रोशनी तेरी

सिसक के रोने लगे कुछ फ़साने काग़ज़ पर
सियाही फैल गयी इक पुराने काग़ज़ पर

ज़मीं पे बाद में खैंची गयी हैं दीवारें
बने थे पहले पहल आशियाने काग़ज़ पर

मैं लिख रहा था ग़ज़ल इक हसीं तसव्वुर में
ये शक्ल बन गयी किसकी न जाने काग़ज़ पर

तुम्हारे आख़री ख़त से लिपट के यूँ रोया
कि दम ही तोड़ दिया हो वफ़ा ने काग़ज़ पर

मैं चाहता हूँ कोई चश्म लूट ले मुझको
खुले पड़े हैं मेरे सब ख़ज़ाने काग़ज़ पर

ज़माना भूल न पायेगा फिर ज़मानों तक
मैं रख के जाऊँगा मेरे ज़माने काग़ज़ पर

ग़ज़ल के हुस्न को देखो तो लगता है 'ताबिश'
फ़रिश्ते भेज दिए हों ख़ुदा ने काग़ज़ पर

क्यूँ सितारों पे रश्क करता है
ये ज़मीं भी फ़लक का हिस्सा है

तेरी नक़ली हँसी से लगता है
तू भी मेरी तरह अकेला है

रूह से इश्क़ है मुझे लेकिन
रूह ने जिस्म ओढ़ रख्खा है

मैंने जाने की बात क्यूँ कर दी
वो मुझे रोक ले तो अच्छा है

सिर्फ शीशे की बात करते हो
यूँ तो पत्थर भी टूट सकता है

कोई दिखता नहीं मुझे 'ताबिश'
या मेरी आँख में अंधेरा है

वो लोग जिनको मुहब्बत तलाश करती है
उन्हें हमेशा क़यामत तलाश करती है

ज़रा सी बात पे ही रूबरू हो जाती है
तुम्हारी लट तो बग़ावत तलाश करती है

झुका के पलकें रखी है तुम्हारी आमद पर
नज़र हमारी इजाज़त तलाश करती है

मेरे लबों का तबस्सुम पता नहीं देता
ख़ुशी ग़मों की अलामत तलाश करती है

तुम्हारी याद पराया समझती है अब तो
जो मुझसे मिलने को फ़ुरसत तलाश करती है

कहा ये यार ने आकर कि कल वो बोली थी
मिले तो कहना मुसीबत तलाश करती है

सितारे रात में ही दिखने का सबब समझे
सलाहियत भी सहूलत तलाश करती है

इधर उधर को भटकते हो किस लिए 'ताबिश'
सुना है तुमको तो शोहरत तलाश करती है

क़ुर्बतों की दुआ करे कोई
हाथ छूटे तो क्या करे कोई

कोई लौ से लिपट के सो जाये
चाँदनी में जला करे कोई

घेर रख्खा है मुझको ख़ुशियों ने
ग़म के हक़ में दुआ करे कोई

मुझको बस चाहिए वही तारा
आसमां ले के क्या करे कोई

गर्द लिपटी हुई है धड़कन से
दिल को क्या आईना करे कोई

रोज़ किरदार मरते जाते हैं
ख़त्म अब वाक़िया करे कोई

मुझको ज़ुल्फ़ों की छाँव से मतलब
रात पर तब्सिरा करे कोई

मैं सज़ा देते-देते मुस्काऊँ
ऐसी प्यारी ख़ता करे कोई

घर का सामान बेच आया हूँ
इन किताबों का क्या करे कोई

तेरा काजल न तेरी सुर्ख़ी हूँ
क्यूँ मेरा तज़्किरा करे कोई

हिज्र के ग़म में भी जी सकता हूँ
आप ही फैसला करें कोई

सब्ज़ मौसम से पूछना है मुझे
ख़ुश्क फूलों का क्या करे कोई

दिल बहुत ऐहतराम करता है
ग़म के जैसे रहा करे कोई

हर गली में दिखाई देता है
चाँद से क्या वफ़ा करे कोई

ज़िंदगी तेरी मेरी जैसी हो
और क्या बद्दुआ करे कोई

बस नज़र की ज़बां समझते हो
दिल की बातें कहाँ समझते हो

कितने मायूस हो मुक़द्दर से
अब्र को भी धुआँ समझते हो

हाँ वही शख़्स मेरा क़ातिल है
तुम जिसे मेहरबां समझते हो

मुझ में इन्कार की नहीं हिम्मत
तुम मेरी हाँ को हाँ समझते हो

अश्क सब भेद खोल देते हैं
तुम इन्हें राज़दां समझते हो

तुम समझते हो इश्क़ का मतलब
यानि उर्दू ज़बां समझते हो

काश फूलों सी मेरी तक़दीर हो
तितलियों के पर पे जो तहरीर हो

देख ले ऐसा न हो ताख़ीर हो
तू जिसे इतवार समझे पीर हो

आईने कुछ और कहते हैं मुझे
तुम गुज़िश्ता वक़्त की तस्वीर हो

अब तो ये आँखें भी पत्थर हो गयीं
ख़ाक मेरे ख़्वाब की ताबीर हो

पत्थरों को यूँ न ठोकर मारिये
क्या पता किस शाह की जागीर हो

घर की क़िस्मत में है मिट्टी का दिया
चाँद तुम तो रात की तक़दीर हो

चाहतों का सिला तो दोगे ना
कुछ नहीं पर दुआ तो दोगे ना

मैंने ठुकरा दिया है दुनिया को
तुम मुझे आसरा तो दोगे ना

लोग पूछेंगे मेरे बारे में
तुम फ़क़त मुस्कुरा तो दोगे ना

इक ख़ता की वफ़ा जो की तुमसे
इस ख़ता की सज़ा तो दोगे ना

आख़िरी ख़त में उसने लिख्खा था
तुम मेरे ख़त जला तो दोगे ना

मुझको भटका दो शौक़ से लेकिन
अपने घर का पता तो दोगे ना

वो तुम्हें भूल जाएगा 'ताबिश'
फिर उसे तुम भुला तो दोगे ना

सब करते हैं उसकी बात
उस में कुछ तो होगी बात

ख़ुद से कब तक लड़ते हम
हार के आखिर कर ली बात

बचपन, जोबन और पीरी
मीठी, तीखी, कड़वी बात

दिल में बस तुम ही तुम थे
लेकिन वो थी कल की बात

उम्र का ग़म बन जाती है
एक ज़रा सी छोटी बात

ताब का आना लाज़िम है
क्यूँ की तुमने उल्टी बात

मुझको ले ही डूबेंगे
सादा लहजा, सीधी बात

तू थोड़ी ना पागल है
मत कर 'ताबिश' जैसी बात

कुछ तो बतला ऐ चाँदनी मेरी
कौन सी शब है आख़री मेरी

कितनी मसरूफ़ हो गयी दुनिया
बात करता नहीं कोई मेरी

दोस्तो हाल पूछते हो मेरा
क्यूँ उड़ाते हो तुम हंसी मेरी

वाह! ख़ुश्बू भी क्या ख़बर लायी
उसने फूलों से बात की मेरी

कितना लम्बा है इन्तज़ार तेरा
कितनी छोटी है ज़िन्दगी मेरी

मुझसे क्या काम है बताओ अब
ख़ूब तारीफ़ हो गई मेरी

मैंने ज़िद की कि इक निशानी दे
उसने पेशानी चूम ली मेरी

.

रक़ीब सारे ही मुस्कुरा कर मिला करेंगे तो क्या करेंगे
तुम्हीं कहो हम अगर न उनसे वफ़ा करेंगे तो क्या करेंगे

बिना ख़ता ही खमोश रह कर कटाना गर्दन हमारा है फ़न
तुम्हारे जैसी अगर कोई हम ख़ता करेंगे तो क्या करेंगे

कुछ इतने नाज़ुक हैं हाथ उनके कि फूल तोड़े तो खून दौड़े
मैं सोचता हूँ अगर वो मुझ से लड़ा करेंगे तो क्या करेंगे

मेरी तरह गर कोई दीवाना सनम को चाहे तो हर्ज क्या है
दिमाग़ वाले बुतों के आगे झुका करेंगे तो क्या करेंगे

हमारे आँसू फ़लक के धब्बों को धोने देंगे तो सोने देंगे
जुदाई की शब अगर न तारे गिना करेंगे तो क्या करेंगे

वो कोई रद्दे अमल न दे दे कि ये ज़माना बुने फ़साना
मैं डर रहा हूँ वो नाम मेरा सुना करेंगे तो क्या करेंगे

किसी की कोई ख़ता नहीं है डगर वही है सफ़र वही है
मुसाफ़िरों को उन्हीं के मक़सद जुदा करेंगे तो क्या करेंगे

मुक़ाम-ए-शोहरत पे आज ताबिश का जो क़लम है तेरा करम है
वजूद से हम तेरे अलग कुछ लिखा करेंगे तो क्या करेंगे

मुझे निगाह-ए-शोख़ का पयाम कैसे आ गया
शिकारी लड़ख़ड़ा के ज़ेर-ए-दाम कैसे आ गया

मज़ार क्या बना मेरा सवाल बन गया कोई
वफ़ा की सूनी राह में मक़ाम कैसे आ गया

हुजूम-ए-रिंद कम न था मगर ऐ दस्त-ए-साक़िया
मेरी नशिस्त तक ये दौर-ए-जाम कैसे आ गया

अगर इमाम थे उमर तो क्यूँ लगाम थाम ली
बता ऐ अद्ल ऊँट पर ग़ुलाम कैसे आ गया

मेरे नसीब का तो कल तलक न तारा था कोई
मुझे ये आज चाँद का सलाम कैसे आ गया

अभी अभी तो दास्तां शुरू हुई थी आपकी
मगर ये इतनी जल्द इख़्ताम कैसे आ गया

ज़रूरतों ने लूट तो न ली अना की आबरू
तेरे लबों पे आज मेरा नाम कैसे आ गया

गए दिनों में 'ताबिश' अपनी ख़ामुशी का शोर था
बतायें क्या हमें फ़न-ए-कलाम कैसे आ गया

ऐ सुकून-ए-ज़िंदगानी लौट आ
मेरी ग़ज़लो की रवानी लौट आ

याद आये तू ग़मों की शक्ल में
दे कोई अच्छी निशानी लौट आ

तेरे जाने से तमन्ना भी गई
बस बची ये बद-गुमानी लौट आ

तोड़ दे तू भी अना की बेड़ियाँ
मेरी ज़िद ने हार मानी लौट आ

फिर से 'ताबिश' की ग़ज़ल बेनूर है
ऐ क़लम की शादमानी लौट आ

न टोपी है न टीका है
ये बच्चा किसका बच्चा है

मुकम्मल शेर लगता है
मगर ये एक मिसरा है

जो दिखता है वो धोका है
मेरे प्यारे ये दुनिया है

मैं आगे बढ़ नहीं सकता
वो रूक जाये तो अच्छा है

तुम अपने बारे में सोचो
मैं पागल हूँ मेरा क्या है

मेरा दिल ही नहीं टूटा
तुम्हारा घर भी टूटा है

ग़ज़ल तू पढ़ता है 'ताबिश'
वो महफ़िल लूट लेता है

लेकर तुम्हारी याद इजाज़त चली गयी
लो अब शब-ए-फ़िराक़ की लज़्ज़त चली गयी

इतनी दग़ाएँ दी हैं मेरे अपनों ने मुझे
अपना किसी को कहने की हिम्मत चली गयी

शायद तुम्हीं को देख के लड़ती थी ख़्वाहिशें
तुम क्या चले गए हो शिकायत चली गयी

मुद्दत जुदाई की न कभी ख़त्म हो सकी
आकर हज़ार बार क़यामत चली गयी

आया शऊर-ए-इश्क़ भी तो ऐसे मोड़ पर
कुछ सोचने समझने की मोहलत चली गयी

हाजत थी तेरी जब तो तअल्लुक़ न था कोई
आयी जो क़ुर्बतें तो ज़रूरत चली गयी

'ताबिश' तुझे तो जाने से रोकेंगे सब मगर
जाते ही यह कहेंगे मुसीबत चली गयी

सज गया दर्द का बाज़ार, चलो चलता हूँ
मुंतज़िर होंगे खरीदार, चलो चलता हूँ

प्यास आँखों की मुझे खैंच के ले आयी थी
हो गया आपका दीदार, चलो चलता हूँ

हिज्र का रास्ता आसान नहीं है लेकिन
चल के देखूँगा मैं इक बार चलो चलता हूँ

शुक्र है तुमको सहारों की ज़रूरत न रही
अब मेरा रूकना है बेकार चलो चलता हूँ

माज़रत चाहूँगा मैं जान बचाने वालो
मुझको जाना है सु-ए-दार चलो चलता हूँ

ये लो टूटे हुए शीशे इन्हें फिर से जोड़ो
आगे तुम ख़ुद हो समझदार चलो चलता हूँ

हादसों की छलनियों में देर तक छाने गए
पहले झुटलाये गए हम बाद में माने गए

ज़िंदगी के सुर में अपना सुर मिलाने के लिए
बारिहा खैंचें गए हम बारिहा ताने गए

क़ैस-लैला, हीर-रांझा की मिसालें दी गई
फिर हुआ यूँ सब हमारे नाम से जाने गए

अब हमारे घर में बस हम हैं हमारी ज़ात है
कुछ अंधेरे थे मगर वो रौशनी लाने गए

अब भी होंटों पे तबस्सुम का गुमां होता है
सर्द शोलों का बड़ा तेज़ धुआं होता है

ज़िन्दगी वहम व गुमां में ही गुज़र जाती है
राज़-ए-हस्ती तो फ़ना हो के अयां होता है

जिस्म भर की ही सही कुछ तो ज़मीं मिलती है
बेघरों का भी किसी रोज़ मकां होता है

मौसम-ए-गुल पे न इतराओ ऐ अहल-ए-गुलशन
तुमको मालूम नहीं दौर-ए-ख़िज़ां होता है

मुझको सीने के इहाते से अलग मत ढूँढ़ो
मैं वहीं पर हूँ मेरा शोर जहां होता है

इस ज़ईफी को लिबासों में छुपाता कैसे
वो बदन हूँ जो ग़रीबी में जवां होता है

वो मिले तो मैं गिले अपने सुना दूँ लेकिन
जब वो मिलता है तो कुछ और समां होता है

आँसुओं से किसी भी फ़स्ल की उम्मीद न रख
ये वो दरिया है जो सहरा में रवां होता है

क्यूँ मेरे दर्द को सजदे न बजाऊँ 'ताबिश'
ये ख़ुदा ही की तरह सब पे निहां होता है

उछलता ऐसे हूँ जब उसकी चिट्ठी आ जाये
के जैसे बच्चे के हाथों में तितली आ जाये

मैं चाहता हूँ मेरे साथ डूब जाये वो
वो चाहता है के साहिल पे कश्ती आ जाये

किसी के ख़्वाब मेरी राह तक रहे होंगे
दुआ करो के मुझे नींद जल्दी आ जाये

न मैं किशन हूँ कोई और तू न राधा है
जो मेरी बाँसुरी की धुन पे दौड़ी आ जाये

बिछड़ते वक़्त रूलाता है ख़ूब इस्टेशन
न जाने क्या हो गर ऐसे में गाड़ी आ जाये

जियादा माल ग़लत रास्ते पे लाता है
कमाओ इतना ही जितने में रोटी आ जाये

सबक़ जफ़ा का वो जिस दिन पढ़ायेगा 'ताबिश'
ख़ुदा करे कि उसी दिन ही छुट्टी आ जाये

ज़ुल्फ़ें हुई सफ़ेद सभी रंग उतर गए
हम हादसों की धूप में कितने निखर गए

बस इक हमीं पे तेरी जफ़ा का असर नहीं
उस वाक़िये के बाद कई दिल सुधर गए

क्या जाने किसको काम में आना पड़ेगा अब
मेरे बुरे दिनों से सभी दोस्त डर गए

ऐ बेवफ़ा ना अपने सितम पर गुमान कर
हम ख़ुद ही अपने आपको बर्बाद कर गए

कैसे हमारे दर्द का अहसास हो तुम्हें
अब देखने को आये हो जब ज़ख़्म भर गए

अफ़सोस ज़िन्दगी को समझने में देर की
इसका गिला नहीं कि बहुत जल्द मर गए

ये सच है के जल्दी सहर लग गई
हमें जागने में उमर लग गई

लगी जब भी ठोकर तो ऐसे लगा
तेरे घर की जैसे डगर लग गई

ज़रा मैंने सर को झुकाया ही था
कि तोहमत नयी मेरे सर लग गई

कई दिन हुए ख़्वाब देखे हुए
ये नींदों को किसकी नज़र लग गई

मेरे दोस्त मुझसे हुए बेख़बर
सभी दुश्मनों को ख़बर लग गई

ज़रा मैंने दहलीज़ क्या पार की
सभी की नज़र सू-ए-दर लग गई

हमारी नज़र में हमीं एक थे
हमीं को हमारी नज़र लग गई

मुझसे कहते हो मुस्कुराओ कभी
तुमने देखा है मेरा घाव कभी

साज़ के तार सच ही कहते हैं
सुर में ले आता है तनाव कभी

मेरी बाहें तरसती रहती हैं
डाल दो इस तरफ पड़ाव कभी

साज़ हूँ मैं तो चोट दो मुझको
गीत हूँ मैं तो गुनगुनाओ कभी

तुमको जन्नत की सैर करनी है
यार हिन्दोस्तान आओ कभी

ज़ुल्फ़ सुनहरी नक़्श सुहाने
ख़ूब बनाया तुमको ख़ुदा ने

आप से तो उम्मीद नहीं थी
हमको बचाया किसकी दुआ ने

अब तो बची हैं चंद ही साँसें
वक़्त लगेगा उनको भुलाने

आये ही थे अंजाम तलक हम
पन्ने पलट दी सारे हवा ने

एक वजह गर हो तो बताएँ
लाख दुखों के लाख बहाने

भूल न जाऊँ आपकी सूरत
आपको देखे गुज़रे ज़माने

दर्द पुराने जाग गए फिर
आज मिले थे यार पुराने

प्यार मुहब्बत खेल न समझो
रोज़ पड़ेंगे राज़ छुपाने

दूर नहीं है यार की बस्ती
देर लगेगी घर को सजाने

जी न सकेंगे आप मेरे बिन
मान गए सब आप न माने

कौन है क्या है आपका 'ताबिश'
आपका आशिक आप ही जानें

शिकन तो आयेगी ही शाइरी के चेहरे पर
ग़ज़ल तराश रहा हूँ नदी के चेहरे पर

कभी तो अब्र की आँखों से भी गिरें मोती
पसीना सूख गया तिश्नगी के चेहरे पर

हमारे गाँव की बिजली सी हंसी दिखती है
तुम्हारे शहर के हर आदमी के चेहरे पर

न भूल वक़्त कि ग़ुस्से में एक लम्हे ने
तमांचा मार दिया था सदी के चेहरे पर

सियाह रात में चमकीले चाँद जैसा है
तुम्हारा नाम मेरी डायरी के चेहरे पर

मैं साफ़ पढ़ न सकूंगा किसी भी क़िस्से को
यहाँ तो धूल जमी है सभी के चेहरे पर

परिन्दों से बस इतना पूछना है
इन उजड़ी बिल्डिंगों में क्या रखा है।

सभी काँटे तो मेरी राह में हैं
तुम्हारे पाँव में क्या गुल चुभा है ?

जिसे राधा ने पा कर खो दिया था
उसे मीरा ने खो कर पा लिया है।

मैं उस ज़ालिम के दिल में रह चुका हूँ
बहुत छोटी है, पर अच्छी जगह है

तसल्ली देते हैं ये चाँद तारे
हमारे साथ कोई जागता है

सभी नक़्क़ाद पागल हो गए हैं
ये 'ताबिश' जाने क्या क्या बक रहा है

इक तेरी तमन्ना ने यूँ दिल को दुखाया है
क़तरे ने समुन्दर में तूफान मचाया है

हमने ही ज़मीनों के माथे को चमक बख़्शी
उजली न पसीने से तो खून बहाया है

मेहनत में मिटी उम्रें तब जा के बनी बस्ती
मिट्टी के मकां बोले क्या ख़ाक कमाया है

इस शाम नसीहत में फिर देर न हो जाए
वाईज़ ज़रा जल्दी कर साक़ी ने बुलाया है

अगर ज़िन्दगी हम तेरा नाम रखते
जहां वाले साँसों पे इल्ज़ाम रखते

चले आओ अब तुम कि हम थक गए हैं
चराग़-ए-सहर को सरे शाम रखते

बढ़ाई है लफ़्ज़ों ने क़ीमत हमारी
न रखते ज़बां हम तो क्या दाम रखते

समझते मेरा ग़म अगर शहर वाले
मेरी मुस्कुराहट पे इन्आम रखते

तेरा हुस्न शायद ही मशहूर होता
अगर लोग हमसे न कुछ काम रखते

न होती ये साँसें खफ़ा तुमसे 'ताबिश'
अगर ज़िन्दगी का ऐहतराम रखते

मेरा दुख ही मेरे जीने की वजह हो जाता
दर्द कुछ देर ठहरता तो दवा हो जाता

मैं कमा लेता शब-ए-वस्ल अगर क़िस्मत से
ऐ शब-ए-हिज्र तेरा क़र्ज़ अदा हो जाता

बेहिसी मेरी उसे खैंच ले आई वरना
मैं अगर और मनाता तो ख़फ़ा हो जाता

तुझसे अच्छा कोई बर्बाद मुझे क्या करता
मैं किसी और को मिलता तो बुरा हो जाता

मुझ पे इल्ज़ाम मत लगाओ तुम
कब कहा मैंने दूर जाओ तुम

एक मिसरा तुम्हें सुनाऊँ मैं
एक मिसरा मुझे सुनाओ तुम

जीतने वाले हार जायेंगे
हार जाने पे मुस्कुराओ तुम

ज़ंग आलूद है क़लम मेरा
ख़ुद ही काग़ज़ पे लेट जाओ तुम

नींदों के कुल हिसाब का दफ़्तर जला दिया
शोला बदन के ख़्वाब ने बिस्तर जला दिया

आतिश परस्त लोग मुझे कर गये ख़ुदा
लेकिन इबादतों में मेरा घर जला दिया

उसके भी दिल में इश्क़ के शोले भड़क उठे
मेरा कमाल देखिए पत्थर जला दिया

क्या गर्म थी ख़ुदा तेरी मूसा से दोस्ती
पिघला दिया पहाड़, समुन्दर जला दिया

क़ातिल के सख़्त हाथ में छाले निकल पड़े
मेरे जिगर की आग ने ख़ंजर जला दिया

'ताबिश' ये दौर-ए-जंग है और हमने ख़ामख़ां
काग़ज़ क़लम में अपना मुक़द्दर जला दिया

हमने ऐसे किया ज़िंदगी का सफ़र
जैसे साँसें करे बांसुरी का सफ़र

मेरी आँखों में अब तक न डूबा कोई
बेझिझक कीजिए इस नदी का सफ़र

हाथ किसका बढ़ा, हाथ किसके लगा
हमसफ़र हूँ किसी का, किसी का सफ़र

हम चराग़ों की क़िस्मत ही रौशन नहीं
हमने जल कर किया तीरगी का सफ़र

चाँद का जो सफ़र करना चाहे करे
चाँद करता है मेरी गली का सफ़र

घर के दालान से क़ब्र की गोद तक
है बहुत मुख़्तसर आदमी का सफ़र

बस घड़ी दो घड़ी का मुसाफ़िर हूँ मैं
ये सफ़र है घड़ी दो घड़ी का सफ़र

चुपचाप टूटने की सदा सुन रहे थे लोग
शीशे के लफ़्ज़ थे मेरे पत्थर बने थे लोग

दुनिया के ज़र्रे-ज़र्रे पे लिख्खी हुई ग़ज़ल
है उन दिनों की बात जब अच्छे लगे थे लोग

मुझको नहीं पता ये लिबासों में कौन है
मैंने किसी किताब में देखे हुए थे लोग

दरिया की आँख सूखते साहिल पे कब पड़ी
पानी के आस-पास भी प्यासे पड़े थे लोग

इसी मलाल में बस ख़ुद को चुभ रहा हूँ मैं
उसे अज़ीज़ हैं काँटे तो क्या बुरा हूँ मैं

तेरा ख़्याल ग़लत है कि बेवफ़ा हूँ मैं
तेरे ख़्याल से आगे की सोचता हूँ मैं

मेरी निगाह में अब भी मैं एक पत्थर हूँ
तेरी निगाह समझती है देवता हूँ मैं

मैं चाहता हूँ कोई आ के तोड़ दे मुझको
ख़ुद अपने पाँव की ज़ंजीर हो गया हूँ मैं

ये कह के नींद उड़ा दी है तेरे तकिये ने
कई दिनों से बहुत दूर सो रहा हूँ मैं

ग़ज़ल के शहर के आदाब मुझको क्या मालूम
मुआफ़ कीजिएगा इस जगह नया हूँ मैं

ये जो दहलीज़ मेरे घर की है
जैसे दुश्मन मेरे हुनर की है

जा रही है जो रूह धीरे से
लो दुआ ने अभी असर की है

ख़त्म होने पे है सफ़र अपना
आरज़ू फिर भी हम सफ़र की है

कोई पूछे दीए की बाती से
ज़िन्दगी किस तरह बसर की है

चाँद का रूठ कर चले जाना
ये निशानी किसी सहर की है

क्यूँ मेरे दिल को तुम दुखाते हो
सब ख़ता तो मेरी नज़र की है

साथ माँगो ना इन चराग़ों का
ज़िन्दगी इन की रात भर की है

किस लिए दिल पे वार करते हो
अच्छी हालत अभी जिगर की है

तुम्हारे वास्ते कब तक रूकूंगा
मैं कोई और क़ातिल ढूँढ़ लूंगा

सबब तर्क-ए-मुहब्बत का बता दो
मैं अपने दोस्तों से क्या कहूंगा

बुरी हर एक आदत छोड़नी है
तुम्हें भी एक दिन मैं छोड़ दूंगा

दुआ में हाथ कितनों के उठे हैं
ख़ुदा ही जाने मैं किसको मिलूंगा

वो मेरे दाग़ गिनवाता रहेगा
मगर मैं फिर भी ताबिश ही रहूंगा

हमने तो उनसे सुनी है आपसे किसने कहा ?
ये ग़ज़ल हमने लिखी है आपसे किसने कहा ?

बेहया की शोख़ियों से बे-तअल्लुक़ कौन है ?
सिर्फ़ मुझ से दोस्ती है आपसे किसने कहा ?

वस्ल-ए-जानाँ मुश्किलों से बस मिला इक रात का
चार दिन की चाँदनी है आपसे किसने कहा ?

दिल के लेने के अलावा और भी हैं ख़्वाहिशें
ये तमन्ना आख़िरी है आपसे किसने कहा ?

ये किसी के आने वाले ग़म का इस्तक़बाल है
मेरे होंटों पर हँसी है आपसे किसने कहा ?

हाँ हमीं शायद किसी के प्यार के क़ाबिल नहीं
आप में कोई कमी है आपसे किसने कहा ?

आशिक़ी का मज़ा लिया जाए
क्यूँ न अब कुछ दिया लिया जाए

सैंकड़ों दिल थिरकने लगते हैं
नाम जब भी तेरा लिया जाए

ज़िंदगी गीत है मेरे यारो
गीत जैसा हो गा लिया जाए

गीली लकड़ी के घर हैं बस्ती में
आग का मशवरा लिया जाए

अब तो दुश्मन भी हैं करम फरमा
दोस्तों को मना लिया जाए

क्या कोई और ले गया मंज़िल
तो चलो रास्ता लिया जाए

इसलिए मेरा सफ़र तनहा कटा है शायद
कोई तो है जो मुझे ढूँढ़ रहा है शायद

अब भी गुज़रूँ मैं गली से तो गुमां होता है
ज़ुल्फ़ बिखराये वो ख़िडकी में ख़डा है शायद

क्या उसे याद दिलाऊँ मैं कहानी मेरी
वो मेरा नाम भी अब भूल गया है शायद

चलते-चलते मैं इसी वहम में रूक जाता हूँ
वो कहीं छुप के मुझे देख रहा है शायद

क्या हुआ मेरा सितारा जो अगर टूट गया
मेरी क़िस्मत में कोई चाँद लिखा है शायद

आज-कल क्या कि तेरी याद भी कम आती है
हो न हो ये किसी दुश्मन की दुआ है शायद

www.ingramcontent.com/pod-product-compliance
Lightning Source LLC
LaVergne TN
LVHW041711190726
843493LV00007B/2045